나는 아무것도 안하고 있다고 한다

나는 아무것도 안하고 있다고 한다

김사이 시집

창비

차
례

제1부 · 지독하게 살았으나

010　　거리에서

011　　고시원, 아름다운 날들

012　　내 죄는 무엇일까

014　　예감

015　　너의 오랜 습관인 나

016　　성실한 앨리스

018　　보통 날들

020　　사랑하니까

022　　보온도시락통

023　　동시성에 대하여

024　　행렬

026　　아무도 없었다

028　　균열

030　　교양의 나라

032　　저항의 방식

제2부 • 나는 밥에서 벗어나지 못했다

036   사랑

037   생각도 습관이 된다

038   세상 밖으로 우수수

039   나를 사주실래요?

040   밥

041   하루치 끼니

042   신호

044   공포 영화

046   탈 탈

048   잠 못 드는 밤

050   보고 싶구나

051   나는 밥에서 벗어나지 못했다

052   지금, 여기

054   묻지 마 따지지 마

제3부 · 떨림도 그리움도 버린

056   병문안

057   새벽

058   가끔은 기쁨

059   도둑년

060   꽃반지

062   단풍

064   오래전 그날

066   틀니

067   이부자리

068   골목의 노래

069   너에게로 가다

070   바람

072   춤추는 어머니

제4부 • 다시 반성을 하며

076   편향

077   기억

078   솔직한 위선

080   공범

082   그대에게

083   풍경

084   어떤 인사

086   커피 마시는 개

088   어느 늦은 밤

090   연대

091   화끈한 반항

092   아득한 내일에게

094   빛의 그늘 속에서

096   다시 반성을 하며

098   다시, 다시, 또

100   해설 | 서영인

118   시인의 말

제 1 부

지독하게 살았으나

거리에서

문을 열고 나가니
안이다
그 문을 열고 나가니
다시 안이다
끊임없이 문을 열었으나
언제나 안이다
언제나 내게로 되돌아온다
문을 열고 나가니
내가 있다
내게서 나누어지는 물음들
나는 문이다
나를 열고 나가니
낭떠러지다
닿을 듯 말 듯 한 낭떠러지들
넋 나간 슬픔처럼 떠다닌다
나는 나를 잠그고
내가 싼 물음들을 주워 먹는다

고시원, 아름다운 날들

종일 배달하고
늦은 밤 내 관(棺)으로 돌아와
뚜껑을 덮는다

지독하게 살았으나
지독하게 죽어가겠구나

내 죄는 무엇일까

밥을 하고 청소를 하고
아이를 낳고 젖을 주고 흙을 다지는데
나는 아무것도 안하고 있다

따닥따닥 붙은 콜센터에서 상냥하게 친절하게
보이지 않아도 웃고 보이지 않아도 참아서
나는 아무것도 안하고 있다

직업소개소를 찾으니
학력 미달 경력 없고 나이 많고 애도 있어
손가락 하나로 끌려나왔다 끌려나가도 그 자리
나는 아무것도 안하고 있다

아이 손을 잡고 광장에 나가지 못한다
네가 죽어도 일을 해야 해서
누가 죽어도 나는 살아야 해서
기약 없는 먼 훗날을 끌어당겨서라도
지금 살아야 해서 촛불을 들 수 없는
나는 아무것도 안하고 있다

쪼들려서, 악착같이, 외로움에, 죄책감으로 찌든
수척한 감정들이 들러붙어 빠져나가지 못하는
나는 파란색일까 까만색일까 붉은색일까

내가 여자를 입었는지 여자가 나를 입고 있는지
나를 찾아 출구를 더듬거리며 오늘을 걷는다만
여자의 시간은 어디쯤에 머물러 있나
나는 아무것도 안하고 있다고 한다

예감

낮술에 취한 남자씨들이 비틀거린다
인도를 장악하고 갈지자로 걸어온다
느닷없이 달려드는 일상의 예감들
차도로 내려설까 뛸까 망설이다가
눈이 부딪쳤다
그들과 교차하는 순간
풀린 눈으로 피식거리며 팔을 쭉 뻗는다
가슴을 팍 치고 간다
화가 나서 가방으로 내려치려니
키득거리면서 술집으로 들어간다
허공에 머물다 툭 떨어지는 가방
한참을 그 자리에서 부들부들 떨었다
쫓아가서 싸울 용기까지는 내지 못한다
두려움은 내 몫이다
뒤통수로 그들의 웃음을 읽으며 주저앉았다
몇날 며칠 끙끙거리며 나를 달랜다
명백한 고의였으나 술에 취했으니
너그럽게 잊어주는 것도 내 몫이다
아무 이유가 없는 상식적인 날이다

너의 오랜 습관인 나

눈을 뜨고 싶지 않아도
살아남은 세포들이 습관처럼 깨어나
용모를 단장해서 나를 지우고 너의 습관으로 간다

오늘은 나라는 시간이 무참하지 않기를
오늘은 내 여자씨가 무사하기를
오늘은 또 오늘은 그리고 늘 오늘은,

너의 오랜 습관이 된 일상
내 하루의 노동과 사랑도 오르가슴도 없는
원나이트 스탠드를 한다

성실한 앨리스

찬밥 남은 밥 가리지 않고
먹을 수 있을 때 무조건 먹는다
내 밥 구하려고 남의 밥을 하러 와서
쉴 틈 없이 밥을 해도 내 밥은 불안정한데
나는 언제 사장의 가족이 되었을까

이모 땡동 엄마 땡동 아줌마 땡동 여기요 저기요 땡동
일용직 아줌마나 돈 벌러 온 이주민 아가씨나
어이 땡동 여보 땡동 미스 김 땡동 야 땡동
시간을 떠도는 대기번호
허공에 떠 있는 가족

삶이 근육통 관절통으로
삐거덕거리고 절룩거린다
언제부터 아팠는지 왜 아파야 하는지
이브가 여자로 기록되는 순간 불행은 시작되었는지 몰라
여자의 노동은 속절없이 떠도는 뜬구름 같은 사랑일지도

사랑 없는 섹스 같은 앨리스의 노동

아버지나라에서 찬밥 남은 밥처럼
먹을 수 있을 때 무조건 먹는
성실한 날들

보통 날들

따끔따끔한 시간 비아냥과 놀림이 비수처럼 꽂히던 날들 뚱뚱한 몸에 날 선 시선 훑어내리는 남자 선생님들의 야릇한 눈빛 생리라도 하는 날이면 냄새날까 온몸 핏줄이 곤두서 몸살 나던 날들 신체검사 후에 끈적끈적 달라붙는 손길 그것을 외면하는 이들도 가슴에서 뱃살로 오르내리는 출석부에 쪼그라들던 이들도 침묵했던 날들

남녀공학 신체검사 시끌벅적 깔깔대며 걱정이 앞선 곤혹스러운 시간 남자 선생님들 앞에서 겉옷을 벗고 검사를 받아야 했던 창문 너머 남학생들의 시선을 받아야 했던 시간 귓불을 만지작거리거나 갑자기 브래지어 끈을 튕기며 웃는 건 오히려 관심이라고 착각했던 날들 발육이 좋은 여학생들은 늘 구부정하고 뛰지 않았고 체육복 바지를 입고 다녔던 그래서 해괴한 소문이 끊이지 않았던 날들

뚱뚱하고 못생긴 게 말이 많아 몸뚱이는 자본에게 추행당하고 마음은 노동에게 희롱당하면서 반백의 중년이 되었어도 달라진 것 없는 한결같이 상식적인 날들 딱딱하게 굳은 말들 말을 잃은 창백한 날들 신체검사는 은밀하게 진

행 중인 보통 날들

사랑하니까

나를 때리세요
달콤한 혀로 때리세요
강한 팔뚝으로 팍팍 때리세요
사랑하니까 예쁜 꽃으로 달래주세요

나를 어서 때리세요
몽둥이로 맘껏 두들기세요
일거수일투족을 바라봐주세요
사랑하니까 현금으로 위로해주세요

나를 더 때리세요
발가벗겨 온 힘을 다해 때리세요
식칼로 푹푹 찌르세요
사랑하니까 무릎 꿇고 사랑한다 말하세요

나를 살살 만지세요
아직 여물지 않은 씨앗이에요
사랑하는 딸이니 부드럽게 넣으세요
사랑하니까 언제까지나 사랑하겠다고 말하세요

저기 난자들이 몰려들고 있어요
당신이 사랑하는 이브의 후예들이에요
도망가기 전에 닥치는 대로 집어삼키세요

맛있어요?
이제 난자 값을 주세요
대주고 맞고 죽어주었으니 난자 값은 주셔야죠

보온도시락통

깜장 고무신 신던 시절 엄마가 사준 최신 보온도시락통 산 지 얼마 되지 않아 잃어버렸네 맑은 은빛이 엄마의 고운 목소리처럼 빛나던 귀한 보온도시락통 학교에서 놀다가 잃어버렸네 세상이 휘청거려 아홉살 첫 가출을 했지 아득해져 검은 빗속을 맴돌다 몇끼 굶은 누렁이처럼 처져 들어갔네 그날밤 나는 마당 한가운데 자주 오르내리던 밤나무에 돌돌 묶인 채 사투를 벌였지 엄마는 농약을 입에 넣으려 하고 나는 농약을 안 마시려 하고 필사적으로 발버둥 쳤네 같이 죽자 같이 죽어 괴성 같은 울음에 몸부림을 그치니 그악스러운 엄마가 동백꽃 떨어지듯 툭 무너졌네 소가 울고 누렁이가 짖어대고 천둥이 발광하네 눈앞에 보이는 농약병보다 더 겁이 났던 것은 배고픔과 추위였네 몰랐네 몰랐었어 퉁퉁 불은 젖이 슬픔으로 흘러 주저앉았다는 것을 여자와 엄마 그 사이에서 고통스러웠다는 것을, 동시대에 살고 있는 반백의 딸이 여자와 엄마를 넘나들며 피터지게 싸우고 있다네

동시성에 대하여

백두에서 정상들이 손 마주 잡고
꽃을 피우는 사이

고시텔에서 수년째 공부하고
밀려드는 상품들의 바코드를 찍어대고
계단 오르내리며 생수통을 나르고
대로 모퉁이에서 천막 치고 젓갈을 팔고
식당 주방에서 끓이고 튀기고 설거지하고
성근 비계 위에서 철근을 옮기고

한라에서는 살기 위해 죽음을 건너온 난민들이
살기 위해 또다시 죽음을 대기하며 줄을 서고

그 시간
나는 온몸 붉게 찢긴 채 넋을 잃고
너는 죽은 지 이주일이 지나고 있다

행렬

무기력이 쏟아진다
아이를 업은 피투성이 맨발 여자
새를 머리에 이고 초점 없이 걷고 있다

쓰나미가 지나간 폐허에서 뱅글뱅글 돌다가
정글을 지나 바다를 건너 태양빛으로 걷는다
총칼이 난도질을 해댄 주검들을 에돌아가며
한 무리가 하얀 북으로 올라가고 한 무리가 까만 남으로
내려오고 한 무리가 노란 동으로 다가가고
땅이 갈라지고 산이 무너져서 집을 삼켜버린 곳으로 들
어갔다가
제각각 흩어져 어디로든 가야만 하는 무리들

깃털이 빠지도록 날갯짓하며 둥지를 옮겨다니고
국경 안에서 국경을 넘어서서 부유하는 영혼들

칭얼대던 아이가 여자의 등을 뜯어 먹고
여자는 제 팔을 뜯어 먹으며
말라 죽고 얼어 죽은 농작물을 밟으며 걷는다

먼 옛날 인디언들이 정체성을 빼앗기고 죽어갔듯
변방으로 변방으로 시대를 건너가는
원주민도 이주민도 벗은 제3의 사람들
끝없이 이어지는

아무도 없었다

지구 저편의 폭탄 테러가
실시간 방영되는 가깝고도 먼 시간
어디서건 난투극은 쏠쏠한 구경거리다
고층빌딩 숲 대로 한복판에서
한 여자가 한 남자에게 두들겨 맞는다
패는 남자와 맞는 여자를 찍는 관객들
누군가는 과장이 더듬던 허벅지로 서서
누군가는 애인이 물어뜯은 입술로 서서
핏줄 툭툭 터질 때마다 몰려들다가
투명한 철조망 둥근 링 앞에서 멈춘다
탄식인지 탄성인지 모를 것을 뱉어내며
흔들림 없이 기록하는 관객들
여자가 바닥을 기어 철조망을 붙잡는 순간
머리채 잡혀 철퍼덕 쓰러진다
간절한 비명을 집어삼키며 후끈하게 달아오른 한낮
눈을 마주치지 않는 관객들
그들이 사라지자 철조망도 아무렇지 않게 지워졌다
처음부터 그곳엔 아무도 없었다
나도 없고 너도 없는 그곳은 어디에나 있는

너를 인질 삼고 나를 총알받이로 내세워
룰루랄라
광기로 날뛰거나 침묵하거나
나란히 불구덩이로 걸어간다

균열

소소한 바람은 무심하게 흘러가다
바람에 따라 폭풍으로 몰아치기도 하는데

가리봉동에서 여자씨의 죽음은
술자리에서 벌어지는 주먹다짐처럼 스쳐가고
원곡동에서 여자씨의 죽음은
이주민끼리의 치정이나 원한쯤으로 치부되고

텔레비전으로 인터넷으로 본다
음악을 들으며 밥을 먹으며 술을 마시며 본다
오늘의 날씨처럼 일상적인 바람이 분다

수백 수천의 월세를 내면서도 가지고 싶은
그 이름의 욕망
강남에서 바람이 불었다
강남 한복판에서 바람에 불이 붙었다

스쳐가고 치부되던 여자씨들
강남에서 활활 타올라

조울증 걸린 세상으로 목소리를 낸다

유색과 백색의 거리이기도 하고
히잡 쓴 여자와 미니스커트 입은 여자의 거리이기도 한
가리봉동과 강남의 거리는
내 밖과 내 안의 거리다

교양의 나라

부자들이 가난뱅이들을 짓밟는다
가난뱅이들이 여자씨를 툭 때린다
부자와 가난뱅이가 여자씨를 한번 더 팬다
밥을 먹듯 똥을 싸듯 폭력의 시계는 일상이다

남근들에게 노동의 댓가는 여자씨
여자씨에게 노동의 댓가는 살아 있는 목숨
집에서건 직장에서건 길에서건
정당방위를 허하지 않는 무방비의 일상
여자씨는 지구적으로 아무 데서나 공평하다

여자씨의 시계에 산소호흡기를 달았다
기침이 터지자 교양 있는 교양들이 호들갑을 떤다
거울 속 여자씨들이 위태롭다
유리천장 아래서 거품 물었다

본능적인 남근의 연대
철통같이 방어하는 은밀한 연대
주류든 비주류든 진보든 보수든 자본주의 Man

남근의 연대는 의식적이다

남근 계급에서 버려지는 남근도 죽을 맛
죽을 맛인 남근의 폭주에 죽어주는 여자씨의 일상
죽음도 계급적이다

저항의 방식

가난한 목숨들은 불행의 지분이 많다
불행은 구경꾼들처럼 떼로 덤비기도 하지만
옆구리를 찔러 자빠뜨리기도 한다
슬픔 한방울까지 쪽쪽 빨아 배를 불린다
나는 녹이 슬어 삐걱거린다

재계약 즈음 수직으로 서 있는 사다리는
구멍 난 욕망이었다
피가 바짝바짝 타들어가도
답은 정해져 있고
세계가 폭주할수록 정의는 더 멀어져갔다
내 심장은 힘차게 뛰고 있으나 나는 쓸모없고
살아야 해서 바람의 지분들을 그러모아 대기 중인 나는
살아서 무참히 시들어갔다
알맞은 체온으로 알맞은 꿈을 꾸며 알맞게 살고 싶었다
나는 누구의 무엇의 부제가 아니라 나였어야 했다
머뭇거림과 두려움 사이에 망각의 강이 흘러
오랜 세월을 외면한 나는 뿌리 없는 씨로 떠돌았다
불행의 눈동자에 갇히니 삶이 대기발령이다

그늘의 딸로 태어나 그늘진 몸에 알록달록한 무늬들
나를 걸어 잠근 이번 생은 글러먹었다
오롯하게 내 죽음을 누리는 것
스스로 죽어가는 시간에 내가 마침표를 찍는 것
글러먹은 생에 대한 저항으로

제 2 부

나는 밥에서 벗어나지 못했다

사랑

사월이면 텅 빈 놀이터에
연둣빛 풀씨 하나 살짝 물어다 놓고 날아간
바람의 날개를 기억하는 눈이 있어
아이는 한발짝 한발짝 어른이 되어가지
색이 다르고 성이 다른 것을 차이라 말하고 차별하지
않는
고운 네가
내 죽음을 네 죽음처럼 보살피는 사랑이지
절망으로도 살아야 하는 이유이지

생각도 습관이 된다

동생과 싸우다가 하필 밥상을 찼다 발동 걸린 듯 칼 들고 설치다가 정신 들어 풀썩 주저앉았다 깨진 밥그릇을 줍는다 허망함과 터진 고름을 쓸어 모으며 걸레질을 한다 어설픈 다짐을 비웃기라도 하듯 김칫국물이 빨갛게 사방팔방 신나게 찍혀 있다

우리들의 일그러진 폭군 아버지들을 보며 여자 때리는 남자는 상종 않겠다고 이만 갈았다 누구 아버지가 그랬고 또 누구 아버지도 그랬던 것처럼 툭하면 밥상 엎는 사람에겐 바로 그 얼굴에다 밥상을 던져버리리라 가슴에 불만 켰다 느닷없이 단칸방에 쳐들어와 빈둥거리던 사촌이 자기를 무시한다고 뺨따귀를 갈기던 시간에도 참담하게 분노만 삼켰다

옆구리 어디에서든 불쑥 들이대는 소소하고 다채로운 발길질에 까무러치며 죽어야 끝이 나는 발작 긴 세월 뼈에 새겨넣었을까 깊은 바닥 검은 기억들이 스멀스멀 기어올라 심장을 찌른다 폭발하는 내가 툭 튀어나와 익숙하게도 가장 약한 것을 물어뜯는다 시시때때로 폭주하는 나와 나와 나로 가득하다 도처에 사람이 위험하다 사람이 사람에게 위험하다

세상 밖으로 우수수

수천 높이 기암절벽을 기고 오르내리는
히말라야 지붕 아래 고산지대 사람들은
잠시 머물렀다 가는 손님처럼
주어진 밥에 경배하며 돌아간다는데

종일 홀로 떠 있는 건설현장 크레인 기사
우울증에 걸릴 수도 있다는 말을 들으며
수행하듯 오르내리다 고행이 된 지 이십여년
다치거나 죽어도 산재보험은 꿈도 못 꾸지

저 아래 사람살이 한줌 먼지 같아

사람과 사람 안에 있어도 외롭고 두려운 법
새벽같이 하늘로 출근했다가
붉은 노을이 어둠속으로 잡아먹힐 때
그제야 누구의 무엇의 이름 속으로 들어간다네

내가 살고 있는 지금, 여기는 어디쯤인지

나를 사주실래요?

거인처럼 커다란 야자나무 꼭대기에서 원숭이들이 동그란 열매를 딴다 이 가지 저 가지 옮겨다니며 툭툭 떨어뜨린다 열매를 줍는 인간들이 웅성웅성 시끄럽다 원숭이들에게 언제 먹을 것을 주나요? 주인이 정해놓은 일당을 채워야 내려올 수 있어요 원숭이의 주인은 인간인가요? 노는 게 아니라 노동을 하고 있다니 인간만이 인간의 노동에 족쇄를 채운 건 아니네요 몰랐어요? 놀라는 척 말아요 눈을 감고 귀를 닫는다 그런들 원숭이들은 종일 열매를 따고 먼 나라 아이들은 돌을 깨고 쓰레기를 주울 테지 죽을 때까지 죽어서도 대물림되어야지 그래야 살지

밥

무명들의 가난
가난한 단어 가난
가난은 태생이 계급적이어서
자발적 가난이란 없다
가난은 민주주의의 발바닥
가난은 노동과 복권 사이를 떠도는 것
가난은 사료를 먹으며 가난을 대물림하고
가난의 약점은 이웃이 없는 것
이웃의 관계를 되찾아야 밥이 되는 것
밥은 빼앗는 것이 아니다
밥은 나누는 것이다
밥은 살아가는 시간을 나누는 것
밥은 삶의 감수성이다
밥은 태도다
수식어를 붙이지 않는 만국의 밥
그것이 밥의 감수성이다

하루치 끼니

바람 한줄기 심심하게 늘어지는 오후, 민머리 노인과 백발노인이 주방용품 가게 앞에서 리어카를 들이밀며 맞붙었다 상들리에 등과 부서진 싱크대를 놓고 민머리 노인은 이거 내가 다 맞춰놨는데 왜 니눔이 집어가냐, 백발노인도 삿대질하며 주인이 가져가래서 갖고 간다 이놈아, 민머리 노인은 냉큼 주인장 이럴 수 있어? 나한테 다 가져가래 놓고, 서로 까랑까랑하니 주인이 아무 말 못하고 어정쩡하게 서 있는 짧은 고요 사이로 백발노인이 리어카를 끌고 줄행랑이다 민머리 노인이 후다닥 달려가 리어카를 붙들고 이 도둑놈이 막걸리 한병 값인데, 놔라 간다 나는 간다 못 간다 너는 못 간다 막걸리값 내놓고 가라 핏대 세우며 멱살 잡이한다 웃음을 깨문 주인이 거 좋게 좋게 반반씩 나눠요, 백발노인이 마지못해 내려놓고 됐냐? 째려보며 팽 돌아서서 가던 길을 재촉하자 그제야 민머리 노인도 물건을 싣고 느릿하게 걷는다 잠시 구경하던 햇살이 키득거리며 꼬리를 감춘다 오늘도 끼니를 때워 무사하다고 막걸리에 얼큰해진 골목이 곱게 붉어졌다

신호

풍경 속에 배경으로 있다가
새벽빛으로 다른 이들의 출근 시간을 깨우고
뜨거운 한낮으로 다시 어둠으로 내려앉아
나는 보이지 않는 시간
터질 것 같은 활화산이 되었다가
혀 빼물고 늘어진 누렁이가 되었다가
돌고 도는 제자리걸음에 피로한 마음이
빠져나와 훌렁훌렁 춤을 추다가
정적을 깨는 소리에 놀라
그리운 친구처럼 정성들여 소리를 담는다
낮잠 같은 금요일 저녁
아무도 없고 아무것도 없지만
나를 위해 한잔 또 한잔 술잔은 비어가고
입안에서 맴돌던 내 언어는 광기로 넘쳐
중심 밖으로 외출 중
나를 찾아주세요
죽음을 입에 물고 다니는 잉여들을 찾았나요?
두 팔 벌려 백기를 흔들면서
밤마다 기회를 찾아 어슬렁거리는

유기된 길고양이들의 울음소리
들리시나요?

공포 영화

홀로 삼년째 복직투쟁하는 해고자는
작업복만 봐도 일하고 싶다
가축으로 일하든 기계로 일하든
정규직이건 비정규직이건
밥줄인 그곳으로 돌아가리라 꾹꾹
한줄기 빛으로 기대하지만
기약이 없다

목숨 끊는 소식들
듣고 싶지 않아도 보고 싶지 않아도
두려움으로 온다
절망으로 온다
하루하루 비틀거리면서 어둠은 내려앉고
나는 위태로운 내 밥그릇 슬그머니 움켜쥔다

나를 잠글까 광장으로 튈까
대응할 수 없는 속수무책의 시간
언제 죽일지 어떻게 죽일지 알려주는 예고편들
핏빛보다 더 붉은 일상들

단역들이여 비극으로 끝날 한편의 삶이여

탈 탈

구로공단역을 구로디지털단지역으로 바꾸더니
가리봉역을 가산디지털단지역으로 바꿨다
구로, 공단, 가리봉 이 거리에
이십여년 내 삶의 흔적이 지워졌다
성장통이 담긴 내 청춘의 시들이
정처가 없어 헤맨다

나 살아온 시간보다 오래된 구로공단
온갖 성형으로 오십년 세월을 바꿔놓은들
폐업으로 쫓겨난 늙은 기타는
기타 줄이 끊어진 채 십년 넘게 노숙 중인데
불편한 역사를 콘크리트로 발라 덮는다고
뒷골목 노동이 사라질까
조선족이 그 자리를 채우고
바다 건너 이주민 노동이 눈물로 온다

상상력이 위험에 빠졌다
외로울 사이 없이 그리움이 털리고
노동은 있으나 노동자가 노동자라 불리지 못하는

작업복 주머니로 슬픔이 흐르는 시간
오십살 구로공단도 디지털이란 이름으로 털리고
가리봉동 차이나타운 벌집촌은 디지털인가 아날로그
인가
디지털 디지털 디지털 털털털
온 생이 탈 탈 털리고 있다

잠 못 드는 밤

발붙일 데 없는 이들이 바람으로 떠돌아
수천번 날갯짓하며 날아도 둥지를 틀 정처가 없는

구인구직시장 울타리에 수많은 얼굴이 걸렸다
국산 수입산 층층이 탑으로 쌓여가는 검은 망부석들
먹고 자고 사랑하고 아이를 낳고 그렇게 살아가는 일이
어째서 이리도 비싸야만 하는지

비릿하게 씹히는 두려움이 발길을 잡는다
네 손을 잡아도 불안하고 내 손을 잡지 않은 너도 불안
하여
구덩이를 파서 둥그렇게 구부린 등으로
사람의 시간이 멈추었다

통증이 마비되어가는 사이 욕망은 견고해져서
지구 밖 별들을 호시탐탐 넘어다보며
생식기도 심장도 사라진 자본형 인간으로 진화 중

그리운 몸과 반항하던 추억과 애인 같은 언어를

두 손 모아 공손하게 바치고 나니
우아한 시대에 그림자가 되었다

보고 싶구나

늦은 밤 불쑥 울린 짧은 문자
보고 싶구나
오십 줄에 들어선 오래된 친구
한참을 들여다본다
가만가만 글자들을 따라 읽는다
글자마다 지독한 그리움이 묻어난다
한 시절 뜨거웠던 시간이 깨어났을까
여백에 고단함이 배었다
너무 외로워서 119에 수백번 허위신고했다던
칠순 노인의 뉴스가 스쳐가며
불현듯 밤잠 설치는 시골 노모가 눈에 맺힌다
더는 아무도 존중하지 않는
늙는다는 것 늙었다는 것
몸도 마음도 다 내주고 아무것도 없는
삼류들에게 추억은 왕년의 젊음은
쓸쓸함을 더하는 독주
그저 독주를 들이켜며 시들어가는 현실은
도대체 예의가 없다
나는 오랫동안 답장을 하지 못한다

나는 밥에서 벗어나지 못했다

1970년 11월 13일 어린 꽃불이 스스로를 태웠지 꽃불이 흩뿌린 생명수로 세상은 생기가 돌았지 후대의 삶에 거름이 되었지 나는 거름이 말랑하고 따뜻할 때 태어났지 나는 살면서 나를 죽이고 있지 나를 외면하면서 죽이고 있지 나는 죽지 않고 나를 죽이고 있지 굴곡진 수천년 길에 미친 말이 달리고 있지 미친 말이 스치는 곳마다 거룩한 세계가 열리고 있지 천국보다 좁은 문으로 선택받은 자들이 들어가고 있지 신(神)이 아기를 업은 채 서성거리며 젖동냥을 고민 중이라지 주둥이로만 지저귀지 말고 온몸으로 울어야 한다고 책장에 우등상장과 전태일 사진을 나란히 모셔놓았지 그렇게 불안을 씹으면서 수천년을 떠다니며 꺼질 듯 꺼질 듯 모여든 불씨들 불꽃 품은 불씨들의 반란을 불구덩이로 만든 무기력한 중년은 불구덩이에서 한끼 밥을 위해 오늘을 헐값에 살고 있지

지금, 여기

언제 떨어질지 모르는 망루에서
흔들리고 헝클어지며 질척거린다

날 선 날은 날을 세운 채 습관적으로 찔러대고
무딘 날은 날이 뭉툭해져 습관적으로 외면한다

밥과 자유는 닿을 듯 말 듯 닿지 않는
사람과 사람 사이

생존과 죽음의 경계는 고속도로에 서 있는
고라니의 이편과 저편

옳음과 그름이 한통속으로 놀아
정의는 정체성을 잃어버린 지 오래

서는 자리가 달라질 때마다 일그러지면서
가만히 웅크리고 있다 꿈틀거리는
통속적인 폭력의 얼굴

너덜해진 영혼을 끌고 앞서거니 뒤서거니 간다

묻지 마 따지지 마

공포가 공포를 불러내고 공포에 미쳐 광장의 공포를 만들었겠지 눈에 보이는 공포보다 보이지 않는 공포에 짓눌려 묻지 마 따지지 마 그리고 찔러 우리는 가슴 은밀한 곳에서 동조하고 있는지도 몰라 두려움에 길들여질수록 공포가 터져 불꽃같은 반란이 솟구치기를 꿈꾸는지도 몰라 희망은 위험한 전염병 같은 것이어서 공포에 젖은 군중은 광장으로 희망을 불러내지 못하지 군중이 불안할수록 권력은 거대해지고 가난은 불편할 뿐 부끄러운 것도 죄도 아니라지만 지금 팽팽하게 살아 있는 시간이 공포인데 그 공포의 가난은 범죄가 되었는데 불안 속으로 태어날 아이에게 나는 어떻게 죽고 싶었는지 말할 수 있을까

제 3 부

떨림도 그리움도 버린

병문안

죽음에 기저귀를 채우고 껌벅껌벅
나는 이순례입니다
내 이름은 이순례입니다

분노는 늙고 눈물은 낡아서 운다

몸뚱이는 가난한 땅에서 쉴 틈 없이 닳고 닳아
덮어쓴 껍데기 속으로 순하게 주무신다

짐짝처럼 끌려갈 때도 지키지 못한 영혼들
오래된 일상이 너무 오래되어 나는 죄가 되었다

더는 목구멍으로 삶을 삼킬 수 없는 시간
죽음에 이르러서 되찾은 이름
나는 여자 이순례입니다

새벽

모내기를 준비한 논에 하늘이 담겨
살고자 하는 것들이 깨어 빛나는 새벽
긴 하루하루,
새벽빛에 쭈그려 앉은
아짐들의 배가 둥글어졌다

가끔은 기쁨

검은 얼룩이 천장 귀퉁이에 무늬로 있는 것
곰팡이꽃이 옷장 안에서 활짝 피어 있는 것
갈라진 벽 틈새로 바람이 드나드는 것

더우나 추우나 습한 부엌에서 벌레랑 같이 밥 먹는 것
화장실 바닥에 거무스름한 이끼들이 익숙한 것
검푸른 이끼가 마음 밑바닥을 덮고 있는 것
드러나지 않고 손길 닿지 않는 곳에
끈적끈적함이 붉은 상처처럼 배어 있는 것
삶 한켠이 기를 써도 마르지 않는 것

바람 한점 없이 햇볕 쨍쨍한 날
지상의 햇살 모두 끌어모아
집 안을 홀라당 뒤집어 환기시킬 때면
기름기 쫘악 빠진 삶이
가끔은 부드러워지고 말랑말랑해져
고슬고슬해진 세간들에 고마워서
그마저도 고마워서 순간의 기쁨으로 삼고
또 열심히 살아가는

도둑년

　모두 새벽같이 공장으로 밭으로 일 가고 없는 아침 눈뜨면 반기는 건 덩그러니 놓인 밥상이었네 묵은 세월 아득한데 혼자 먹는 밥상의 적막함이 일상이 평온하여 불안해질 때면 가슴속으로 차갑게 사무치네 햇살 환한 날 학교 파하고 엄마가 일하는 곳에 갔네 엄마가 몇백원 쥐여줬네 가게에 들러 동생 과자를 사고 돌아서는데 주인이 내 손의 봉지를 보더니 냉큼 뺏어 내동댕이치네 엄마가 점심때 남긴 빵이었지 대뜸 도둑년이라고 팔을 낚아채네 아무리 훔치지 않았다고 해도 막무가내 순경을 부르네 순경과 주인은 나를 힐끔거리며 손가락질하네 순간 눈앞이 노래지며 수많은 생각이 스쳐가네 두려움은 어두운 밤보다 깜깜하고 무서웠네 밖으로 뛰쳐나오면서 눈물이 솟구쳤네 난 도둑년이 아니야 마구마구 울음이 터졌네 칠흑 같은 어둠속으로 도망쳤네 달려도 달려도 멀미 나는 세상 못생긴 도둑년에게 색다른 치욕의 첫 시작이었네

꽃반지

엄마의 금반지는 늙어가면서 굵어졌다
증표도 패션도 사슬도 끼워보지 않은
내 열 손가락은 비어 있지만
손가락 마디마다 둥글게 꽃무늬 배어 있다

엄마의 짧은 약지는 예쁘다
철부지처럼 천진난만한 시계꽃
한 철 들판에 그리움으로 피어난 시계꽃
하얀 꽃반지는 왼손 연분홍 꽃반지는 오른손
시계꽃이 피어 있는 내내 기다렸다
나를 데리러 올 것이라고

아주 오래전부터 엄마의 약지는 짧았다
억지로 끼운 반지를 뽑으려다 잘렸다는
오랜 사연만큼이나 뭉툭해진 엄마의 약지에
지난날 어린 딸이 끼워준 하얀 꽃반지
여자는 남자의 삶을 끼우고 남자는 여자의 삶을 끼우는
동그란 구멍 그 죄의 길인
낯선 구멍에 빠지고 싶지는 않지만

한번은,이라고
중얼거리며 시간을 견디는 여자

늙고 병든 아버지의 질투만큼 무거워지는
엄마의 금반지
끊어내지 못한 엄마라는 직업
일그러진 여자의 色

단풍

우리 딸이여어 나이만 묵었제 아직 아가씨랑께요

장롱 깊숙이 숨겨놓은 결혼식 액자엔
다정히 서 있었을 남자와 여자는 간데없고
지우개로 지운 듯 자국만 남아
본처의 그늘 아래 희미한 자국으로 살아온
당신의 인생을 딸도 밟아갈까
평생 끓인 속앓이가 축축하다

그랑게 혼자되고 봉게 청일 말 한마디 못헐 때가 젤로 외
롭고 아프당께 그라제 지 몫이제 인자 을마나 살겄어 죽어
불믄 끝이제

푸른 태양이 몸으로 쑥 들어와
자궁이 출렁,
온몸 시뻘겋게 단풍 들었다

붉게 붉게 타는 단풍
월경하는 내 뜨거운 꽃보다 더 진한

아랫도리 열리며 붉은 어머니 나오신다

오래전 그날

주전자 한가득 물을 끓여
커다란 플라스틱 대야에 담가놓았다
대야의 물이 빨리 뜨거워지기를 기다리며
갈급증에 손을 넣었다 뺐다 방정을 떨다
은빛 몸뚱이에 모락모락 피어오르는 물안개

최루가스가 분가루처럼 뿌옇게 덮인
거리에서 유난히 번쩍이던 하이바
도망가다 넘어진 내게
차마 방망이를 휘두르지 못한
백골단의 하이바가 눈앞에서 아른거린다
끊임없이 모서리를 내리치는 두려움에
둥글어지지 않는 기억

뜨거운 것과 찬 것이 만나서
서로에게 스며드는 것은 사랑일까
델 것 같은 뜨거움보다 표정 없는 차가움보다
뜨뜻미지근한 온도가 더 위험스러워
몸뚱이 안팎으로 등을 맞댄

가장 뜨거웠을 때와 가장 차가웠을 때의
온도가 같아지는 순간

삶은 미끌, 미끌, 또 미끌 저도 모르게
격렬한 몸살을 앓으면서 가는 것을

틀니

생사를 넘나들다 한 고비를 넘기자
병상에 일어나 앉은 아버지
틀니를 쏙 빼서 닦는다
이웃집 마실 갔다 돌아온 것처럼
평온한 모습으로 정성껏 닦는다

어린 시절에 늘 배가 고팠다고
난리 중에 피란 다니면서도
먹을 수 있는 것이면 뭐든 먹고 보자던
그 긴 시간들이
신념처럼 굳게 들러붙었는지
정신 들자마자 틀니부터 닦는

달달 떠는 어눌한 손놀림
손가락이 자꾸 엇나가는데도
하나하나 정성들여 기도한다
살겠다고
한참을 바라보다 밥 먹으러 간다
살겠다고, 나도

이부자리

아버지 볕 좋은 곳에 묻고 와서 보니
일년 넘게 누워 있던 아버지의 이부자리
푸른빛이 가득했네

좋아하던 고기 한점 물 한모금
삼키지 못했던 아버지
무슨 힘으로 독주 한병을 들이켰는지
뱉어내지 않고 꽉 앙다물었다는데
온몸이 파르라니 물들어서 나무 같았네
이부자리에 톡 톡 떨어져 있는 두려움 같은
유서, 푸른 자국들

이부자리를 둘둘 말아 태우네
뜨거웠으나 외로웠을 아버지의 생을 태우며
더는 세상으로 불러내지 말자 중얼거리네
강으로 씨앗 하나 띄워 보내네

골목의 노래

가난이 쉰내 나도록 뭉쳐 버티는 벌집촌
골목 귀퉁이에 나란히 선
전봇대와 가로등
이른 밤 슈퍼도 문을 닫고
귀청을 뜯는 악다구니 소리도 없다

흰머리 듬성듬성한 초로의 사내
전봇대와 가로등 사이에 고개를 묻고
구불텅한 등으로 흘러간 노랫가락이 얹혔다
비린내 나는 시간들
낯선 사내의 등이 기록한 오래된 언덕길

촉촉이 젖어드는 밤
혀 말려 돌아가는 노랫소리가
길보다 더 내려앉은 지하방까지
꼬불꼬불 가느다랗게 흘러든다
사내에게로 가는 길이 둥글게 휘어진다
떨림도 그리움도 버린
삼류들의 쓸쓸한 길

너에게로 가다

이른 봄날
어미와 팔짱 꼭 끼고 나들이 간다
동백꽃 흐드러지게 핀 미황사에 간다

법당에 들어선 어미의 두 손이 하늘을 받들어
늙은 소처럼 살아온 시간이
지긋지긋해 도망갈 수도 있었으련만

등을 타고 엉덩이로 흘러가는 골 깊은 길
사랑이 탱탱하게 둥글 때가 있었을 테지
예기치 못한 새끼가 발목을 잡았을까
미련 없이 떠나지 못한 어미의 속내를
끝내 알 수는 없으나

등이 바닥과 하나가 되어
오체에서 푸른빛 안개가 피어올라
어미를 열고 세상으로 걸어나오는 무한한 새끼들
열린 구멍으로 늙은 아기 들어가신다

바람

간드러지게 노래를 잘하던 숙모 눈웃음이 예뻤던 숙모 고만고만한 새끼들 다섯을 놓고 새로운 사랑을 찾아 떠나간, 가도 하필이면 옆 동네라니 바람처럼 멀리멀리 날아가든가 바람 잘 날 없는 집에 시집와 바람으로 맞선 숙모는 바람처럼 사내와 도망을 치다 뿌리를 흔드는 태풍은 못 되면서 소문만 무성하게 흩뿌려놓은 채 잡혀오기 일쑤였다

세 들어 사는 동생네에 갓난이까지 줄줄이 맡겨놓고 미친 듯이 찾아 헤매던 숙부, 소주 됫병 나발 불고 동네방네 휩쓸고 다니다 마지막 길엔 동생을 찾아와 깽판을 부리고 꼬꾸라지던, 마흔 즈음 먼저 바람이 되어 사라졌다 흔적도 없이, 숙모의 바람은 멈추었으나 큰아들이 바람을 잡아탄다 큰아들의 바람을 잠재운 두 딸들 그제야 바람도 같이 늙는다

바람 든 남편을 기다린 여자에겐 바람의 욕망이 없었을까 그 여자의 남자에게 첫 순정을 내주었던 애첩들은 바람의 욕망이었을까 한창 꽃 같은 시간들이 바람 따라 흩어졌다 아픈 시간이었다 아팠기 때문에 견뎠을 바람 같은 삶

아프기 때문에 바람을 좇아 떠돌았던 아버지들 내 핏속에
도 스며 있을 바람의 씨앗 도무지 알 수 없는 것 나도 마흔
을 넘어서니 독기가 옅어진다 발갛게 열이 오른다 내 바람
의 씨앗이 꿈틀거리는 것일지도

춤추는 어머니

춤을 추는 어머니
처음 본다

술을 마시고 춤을 춘다
시간 속으로
붉게 붉게 물들어간다

하늘을 우러르는 굽은 팔놀림
두 다리는 부지런히 땅을 다지고
귀밑머리에 말간 땀방울이 맺혔다
고독이 찬찬히 하늘거린다
물멍울이 툭툭 터진 자리에
푸른 수액이 차오른다

붉은 볼에
달뜬 새색시마냥 예쁜 어머니
취하니 자꾸자꾸 웃는다
웃는 듯 우는 듯 가슴이 들썩인다
유두에 파라락 날개가 돋친다

어머니가 춤을 춘다

춤은 밤이 깊어가도록 멈추지 않는다

제 4 부

다시 반성을 하며

편향

오종종한 마을이 내려다보이는 정자에 올랐다
심심찮게 놀았을 막힘없이 트인 터
쭉 훑어보며 눈길이 머무는 곳
세상의 검고 굽은 나무들만 모아놓은 숲
씨앗 자체가 불완전한 듯 뒤틀린 나무들
근처 스치기도 겁나는 늪
간밤에 내린 눈이 고스란히 쌓여 있는
뒷골목 패거리들이 싸움이라도 했는지
시간에 관계없이 사방팔방으로
머리카락이든 소매 끝자락이든 움켜쥐고 있다
서로 질기게 얽혀 있다
내 바닥 은밀한 곳 독소들이 무리 지어
언제라도 나를 뚫고 나올 것 같은
언제라도 들여다보고 싶지 않은 응달진 바닥
제대로 선 나무가 없다
제 생긴 대로 제 색깔대로 제 눈높이로
아랑곳없이 사는 고독한 우주들
가는 방향을 틀어도
몸이 앞서 끌고 간다

기억

무명열사의 무덤에 흙이 말랐다
눈앞에 웃고 있는 얼굴을 쓰다듬듯
태양이 무덤을 덮었다
하염없이 무덤을 쓸어내리는 햇빛
가늘고 깊은 오카리나의 선율이
바짝 마른 무덤들 사이를 따라
묘역 전체를 휘감고 돈다
고요한 소름이 돋는다
죽은 자와 죽어가는 자의 경계가
수치심 잃은 현실처럼
지독하게 무상하다

솔직한 위선

어느날 그는 지하철에 앉아 있다 휴대폰을 들여다보고 있는 사람들이 작은 통을 내밀며 천국을 배달하는 남자를 흘려보낸다 지갑을 만지작거리던 그는 어쩔까 고민을 하다 손이 지폐를 꺼내 절름거리는 통에 넣는다, 손의 결단으로

또 어느날 모 대학교 청소용역 노동자들이 일일주점을 연다니 갈 수는 없으나 아니 정확하게는 가고 싶진 않으나 소화가 안될 것 같아 후원금이라도 보낼까 고민을 하다 손이 꼼지락거리며 느긋하게 후원금을 부친다, 상식의 결단으로

또 또 어느날 서울광장에서 대국민집회가 열린다 햇살 부드러운 주말 귀한 시간 그는 잠시 고민을 한다 주섬주섬 두 발이 고단한 몸을 이끌고 나선다 발 디딜 틈 없는 인파에 떠밀려 머뭇거리다 맛집으로 향한다, 발의 결단으로

어느날 그는 회식 자리에서 추행을 당한 직원과 추행한 직원을 나란히 앉혀놓고 훈계를 하고서는 추행당한 직원

을 따로 불러 사건을 닫든지 그만두든지 결정하라고 다그
치면서 타이른다 그는 조직의 중견 간부이자 존경받는 상
사로서 꺼리는 문제를 소문나지 않게 처리한 자신을 은밀
한 술집에서 접대한다, 조직의 결단으로

공범

동동거리며 밥그릇 챙기기에 짓눌려 눈감고
쓰레기 같은 정치라고 등 돌려도
고스란히 내게로 돌아오는 부메랑 같은 정치
정치라는 추상의 실체는
내가 관심이 있건 없건
나를 조종하는 유령 같은 것이어서
무의식을 파고들어 의식을 식성대로 요리하고 있으니
생각하면 얼마나 끔찍한가
세금이 공정하게 쓰이기를 기대한다는 건
그런 낭만적인 국가는 어디에도 존재하지 않을 것이기에
지는 싸움이라도 한다지만 무엇과 싸워야 하나
정치의 정서가 위험한가 정치적인 것이 더 위험한가
환한 햇살 뒤에 잔혹한 폭력이 웃고 있는
양면의 얼굴이나 사중의 관계가 얽혀 있는 광장에
털어서 구린내 나지 않는 인생 없으니
보수든 진보든 그 정치의 바탕에서 탯줄을 물고 태어나
정치를 지배하는 자 따라
내 삶이 갈대처럼 흔들리는데
불안이나 두려움을 잘근잘근 씹어 끼니를 때우며

쎄이렌에 홀려 뽑아주고 버려지는 버려져도 뽑아주는
한결같은 공범들이라
그 누구도 오늘을 피할 수 없는 단순한 진실이
새삼 뼈저리게 사무치는데
아무도 책임을 지지 않는 공범의 정치
공생(共生)하자며 공사(共死)로 간다

그대에게

그래요 위로받아요
컨베이어벨트를 타고 찍혀 나온 얼굴들이나
컨베이어벨트에 일렬로 서서
똑같은 얼굴을 찍어내는 얼굴들이나
다른 것 같지만 닮아 있어요
뒤에서는 씹어대고 앞에서는 하하호호
얼마나 다행이에요
서로서로 가면을 나누고 있으니 말이죠
그래서 한번씩 위안을 하지요
불안은 무사하다고

풍경

다세대주택 이층 도시가스 배관에
열 장이 넘는 와이셔츠가 걸려서
바람을 탄다

사람들이 줄줄이 매달려 있는 것 같아
입김 따라 꺼질 듯 꺼질 듯 타오르는 욕망 같아

무심히 날은 저물고
붉은 노을빛이 든 이층 담벼락에
위태로운 몸으로 춤을 추는 민주주의여

어떤 인사

밤 열시
긴 생머리를 날리며 어두운 하늘을 향해
연신 양손을 흔드는 여고생
물오른 이파리들이 탱탱해져
보고만 있어도 절로 가슴이 두근거리는
연둣빛 아이들, 아이들의 봄이 영원히 멈추던 날
어른들이 세운 수직의 나라에서
안전장치 하나 없는 정글 속에서
몸과 마음이 고단할 법도 한데
"나 간다아 잘 자아" "조심히 잘 가"
학원 땡땡이치고 놀다 가는 길인지
여고생이 하늘에 대고 외치자 밝은 목소리가 화답한다
"내 말 들려? 흐흐 운동 좀 해" "보고 있어 도착하면 전
화해"
하늘과 땅이 마주 보며 하루를 마무리하는
봄바람처럼 부드럽고 나른한 대화
우리의 일상은 그렇게 평범한 대화들일 것이다
봄날을 보내며 성장통을 앓다
내일 또 내일들이 두통 같은 삶일지라도

더 나은 세상을 꿈꾸며 어른이 되어갈 텐데
간다는 작별인사 한마디 못하고 훌쩍 떠나간 아이들
이별의 시간이 두렵다
카랑카랑한 아이들의 목소리가
맑게 퍼지는 사월이었다

커피 마시는 개

생후 오개월째인 발바리
화원 안을 뛰어다니며 매일 사고를 친다
하루에 석잔 넘게 커피를 마시는 그놈은
인간으로 산다

남자 직원이 두들겨 패면
가랑이 밑으로 쏙 들어가 찍소리도 않다가
목덜미를 쓰다듬어주면 그제야 발라당 뒤집어진다
슬슬 눈치를 보며 꼬리를 살랑거릴 때
어김없이 놈에게 커피 한잔이 수여된다
개팔자가 상팔자 맞는가
하는 짓이 낯 뜨거워 슬며시 돌아서는데

야성은 어디에 버렸는지
재미 삼아 때리는 매질을 고스란히 맞으며
보답인 양 던져주는
커피와 샌드위치에 길들여져간다
너는 살 만하니?
짖지 못하는 나도 놈과 다를 게 없다

내 꼬리가 하늘하늘 길어지고 있다

천덕꾸러기 그놈은
시들고 상처가 난 꽃들과 뿌리들을
거품 물고 먹어댄다
가끔 그렇게 미친 행동을 한다
살아 있는 것을 확인하는 것처럼

어느 늦은 밤

지하철을 타려고 섰다
바닥에 그어놓은, 넘지 말아야 할 선에
그물처럼 얽혀 있는 사람들
제 밥그릇만 한 고단함이 얹혀
늘어뜨린 어깨 사이로 닮았다
평일 늦은 시간 종로3가역
소리마저 가라앉은 채
고요하다

저 깊은 속 내장까지 흔들어대며 달려오는 지하철
문이 열리자 비릿한 냉기가 끼친다
사람들은 무심히 지나치고
안경 쓴 여자 한명
선을 비껴나 장승처럼 서 있다
무리들 속에서 울려나온
'어! 저 여자 시각장애인이네, 이거 막찬데……'
말이 지하철 안에서 맴돌고

세상 모든 불빛들이 어둠속으로 타들어간다

글쎄, 길은 아직 멀었나보다

연대

땀내가 유난히 시큼했다 뜨거운 여름보다 더 뜨겁게 달아오른 사랑 부산 영도조선소 85호 크레인 위에서 꽃 한송이 말라가고 있었다 태풍이 불어 휘청거리는 크레인 위에서 꽃은 제 몸을 뜯어 먹고 몹시도 흔들려 낙화 직전이었다 꽃잎은 까맣게 타들어가고 줄기는 말라비틀어질 무렵 난쟁이꽃들의 꽃잎사다리를 타고 꽃은 현세로 내려왔다 형형색색 수천송이 난쟁이꽃들이 물을 주고 그늘을 만들고 목숨을 나누었다 다시 꽃봉오리가 쑤욱 올라왔다 난쟁이꽃들이 모여 거대한 꽃밭을 이루었다 나비도 벌도 날아들었다 흙으로 강으로 스며들어 더 척박한 곳에 뿌리를 뻗고 또 다른 꽃을 피울, 있기도 하고 없기도 한, 난쟁이꽃들의 반란 찰나에 낙원이 지나가신다

화끈한 반항

깊은 밤 한시쯤 딱지처럼 달라붙은 피로를 어루만지며 술을 한잔하는데 갑자기 주인집에서 우당탕탕 쿵쿵 쾅쾅 와장창 십년 넘어 살았어도 생뚱맞은 광경이다 꽝 현관문을 박차고 뛰쳐나온 주인아저씨 고래고래 내지르는 목소리가 찬란한 세상 속으로 쫙 퍼져나간다 "세상 사람들 여기 좀 보쇼 이 건물 삼층 사는 주인여자는 욕심 많고 독허고 징헌 년이요 세상 사람들 꼭 새겨들으시요 이 건물 삼층 주인여자는 아주 나쁜 년이요 싸가지 없는 년이요" 꼬부라진 입이 바락바락 소리를 질러댄다 열에 받쳐 악악거리시더니 징헌 년이 있는 곳으로 돌아서며 현관문을 꼭 닫고 들어가시었다 구경하던 별들이 살포시 웃으며 하나둘 빛을 거두시더라

아득한 내일에게

아기 울음소리가 끊긴 지 오래된 마을
도시 뒷골목에서 싸게 일하는 앳된 이주민 여자들
깡촌에도 가랑비처럼 스며들었다
국내 여자를 사랑하지 못해 반백이 된 동창은
갓 스무살 필리핀 처녀를 사랑했단다
아이를 가졌다고 나를 곁눈질하는 엄마가
사람만 좋으면 되지 않겠냐며 중얼거린다
맞아요, 사람만 좋으면 되는데
사람이 사람이고 또 사람이 사람이라고

논밭을 팔고 몸을 팔고 절망을 팔아서
아이가 파랑새를 찾으러 떠날 수 있다면
노동이 죽은 땅에도 다시 씨앗을 심을 수 있다면
다민족 아이들이 다국적으로 고르게 자라날 텐데

인간의 피는 색이 없었을 것이다
지구가 태어나면서 돌고 돌아
서로의 고통 속으로 스며들어 빚어낸 오색 빛깔
다채롭고 찬란한 색들로 채워진 선물 같은 세상

오리라는 상상 너머의 상상을 한다

빛의 그늘 속에서

시청광장 잔디밭에 앉았다
프라자호텔 옆으로 단상이 세워져
앞을 바라볼 때마다 거대한 호텔이 힐끔거린다
하나둘 촛불이 켜지는 해거름 녘
붉은 기가 도는 햇살이
프라자호텔 빌딩 창문을 두드리자
화답하듯 호텔방들에 하나둘 불이 켜지고
순간 내가 왜 촛불을 켰는지 잊어버렸다
사람들의 함성과 쿵쿵 울리는 앰프 소리에
사랑놀이는 더 짜릿할까
촛불과 촛불로 뜨거운 사랑을 나누는 사람들처럼
몸뚱이 활활 타오르는 사랑놀이를
빛의 그늘 속에서 상상한다
주변으로 길을 트는 촛불꽃길에서 꿈을 꾼다
광장을 꽉 채운
자연의 빛과 인간의 빛이 한 몸으로 어우러졌다
보드랍고 몽롱하게
촛불이 더 크게 불꽃을 피워올린다
시작도 끝도 가늠할 수 없는

정떨어지면 끝나는 사랑의 속성처럼

다시 반성을 하며

며칠째 폭설이 멈추지 않는 날
얼어붙은 옥탑방에서 내려와
오랜만에 몸을 담그자 후끈해지며 땀이 난다
찰랑거리는 물속으로 묵은 때가 층층이 쌓이는데
수북한 지우개똥
늙어가는 여자의 몸은 생각만큼 아름답지 않지만
온몸이 얼룩덜룩해도 향기 있게 늙어갈 수는 없을까
푸석거리고 늘어진 몸
지나간 그리움도 불안한 내일도 버텨야 할 몸
키득거리다가 쓰윽 훑어보다가
문득 언제든 죽겠으나
멧돼지가 먹을 것을 찾아 자꾸 농작물을 덮치는데
가축들이 병 걸렸다고 산 채로 매장당하는데
더불어 살자는 말이 세치 혀에서 놀아나
너에게로 가는 길을 찾지 못한다
자연에 이르는 자연스러운 죽음이 있을까
한밤중에 나는 살고 싶어 회개하듯 몸을 빡빡 씻는다
더불어 살자를 죽이면서 너도 죽이면서 숨을 쉰다
차갑게 식어가는 물이 붉게 물든다

온몸 벌게지도록 치열함은 없고 신파만 밀려나와

늙어가는 감각과 낡아가는 몸뚱이를 끌고

살아야 하는 시간이

무구한 원혼들 위에 있다

사람으로 태어났으나 사람으로 살아가는 일이 비극일
줄은

그래서 더 사람으로 죽어야겠는

다시, 다시, 또

이리 구부러지고 저리 구부러지고
보일 듯 말 듯 한 골목 끝을 향해 걷는다
걷다가 걷다가 문득
내 펜 끝이 어디를 향해 있는지
달라붙은 다세대 난간 위에
꽃 진 나무들은 밤바람에 흔들리고
싸늘한 냉기가 담벼락을 타오른다
울퉁불퉁 팬 길바닥엔 쓰레기더미들이
방향 잃은 난상토론

비슷한 모양 똑같은 구조의 집들
어디가 진보이고 어디가 희망인가
버려진 길인지 꽃이 피는 길인지
도무지 알 수가 없는
인간이 변하는 속도만큼 두려움이 자라고
돌집 속에 수많은 동상이몽이 똬리를 틀었다
무너지지 않을 안식처, 저 환상의 집
환상을 키우는 욕망의 집

무작정 빨아들인 진실의 이면들
시를 앞세워 몸뚱이 비대해진 사이
봉합한 자국들에 고름이 흐른다
그늘지고 축축한 이 길이 끝나길 바라는데
또다시 탯줄처럼 길고 깜깜한 골목에 섰다

낯선 길, 길을 잃고
끈적끈적한 알몸뚱이로
헤매는, 시는

자본과 노동의 포장을 벗기면

서영인

1

김사이 시인과 알게 된 것은 꽤 오래전이나 그리 친한
사이는 아니다. 일년에 한두번 문학 행사 같은 자리에서
마주치면 매번 통성명을 반복하면서 헤어졌다 만나는 사
이라고나 할까. 그러다가 동갑이라는 것을 알고 나서는 술
김에 말을 놓기로 했다가, 맨정신으로 만났을 때는 또 깍
듯하게 존대하기를 반복했다. 매번 '아 맞아, 말을 놓기로
했지' 하면서 반말도 존댓말도 아닌 대화를 나누다가 헤어
지곤 했다. 말이 많고 빠른 나와 말수가 적고 느린 김사이
시인이 나누는 대화는 늘 뭔가 서먹했는데, 이 글 역시 그
런 서먹한 대화의 한토막쯤이 될 것 같다. 시집이 나오고
나면 좀더 가까워져서 적어도 스스럼없이 말을 놓는 사이

쯤은 되려나.

　김사이 시인의 첫 시집이 나왔을 때 나는 시집을 읽기 전부터 그의 시집을 좋아했는데, '반성하다 그만둔 날'이라는 제목이 마음에 들었기 때문이다. 시집 제목에 '반성'이라는 단어가 들어간 것도 마음에 들었는데, 게다가 그걸 그만두었다니 더 마음에 들었다. 현실 속에서 자신의 삶을 되돌아보고, 타인과 관계 맺는 윤리를 점검하기 위해서 '반성'은 늘 필요하지만, 역설적이게도 '반성'은 자기중심적이라서 반복하다보면 반성의 내용은 온데간데없고 형식만 남은 포즈가 되기 십상이다. 그럴 때는 '반성만' 하는 자신을 반성하면서 과감히 반성을 그만두는 게 낫다. 그런 생각에 제목을 마음에 들어 했던 것인데, 막상 읽어보니 시는 그런 내 생각과 반쯤만 맞아떨어졌다.

　　처음 만난 사람들 속에서 술을 마신다
　　말을 새로 배우듯 조금씩 취해가며
　　자본가와 노동자를 얘기하다가
　　비정규직 부당해고에 분개를 하고
　　여성해방과 성매매를 말하며 반짝이는 눈동자들 틈에
　　입으로만 달고 다닌 것 같은 시가 길을 헤매며
　　주섬주섬 안주만 챙긴다

　　엉거주춤 따라간 나이트클럽에 취해 돌아보니

얼큰히 달아오른 얼굴들이 흐물거리고
춤을 추는 무대 위엔 노동자도 자본가도 없다
신나게 흔들어대는 사람들만 있다
쩝쩍대고 쌈박질하고 홀로 비틀어대는,
아주 빠르게 회전하는 형형색색의 불빛들 아래
조금씩 젖어가며 너나없이 한덩어리가 되어 출렁거
린다
낯선 이국땅에서 총 맞아 죽고 굶어 죽어도
매일 밤 일탈의 유혹처럼 찾아드는
이 자본의 꿀맛

도처에 흔들리는 일상들
등급 매기지 않기로 했다
　　　　　　　　──「반성하다 그만둔 날」(『반성하다 그만둔 날』,
　　　　　　　　　　　　　　　　　실천문학사 2008) 전문

　어느 술자리에서 시인은 현실의 모순과 노동의 권리를
이야기하는 진지한 말들을 경청하며, 자신의 시가 이런
고민에 못 미친다고 생각하여 반성한다. 하지만 자본가와
노동자를 이야기하고, 비정규직 부당해고에 분개하고, 여
성해방과 성매매를 말하던 사람들을 나이트클럽에 데려
다 놓자 상황은 돌변한다. 음악과 춤으로 범벅이 된 나이
트클럽에서 자본과 노동에 대한 열띤 토론은 간데없이 사

라지고, 오직 끈적거리는 욕망과 일탈만이 있다. 입으로만 노동자를 말하는 사람들에 대한 비판과 분노 때문에 반성을 그만둔 것일까. 그럴 수도 있겠다. 토론의 자리에서 논의되는 자본에 대한 비판의식을 유흥의 자리에서는 전혀 작동하지 못하는 자들의 입바른 소리에 견주어 자신의 시를 반성하지 않겠다는 오기 같은 것이라면 오히려 문제는 쉽다. 그러나 자본과 노동의 대립, 노동의 현실과 삶의 고단함을 한순간에 녹여버리는 저 나이트클럽의 불빛은 무엇인지를 근본적으로 질문한다면, 그것이 신념이나 의지로 변화될 수 없는 현실의 거대한 위력에 대한 것이라면 반성을 그만두는 이유는 훨씬 복잡해진다. 그리하여 '반성하다 그만둔 날'은 반성하는 나 자신조차도 함몰될 수밖에 없는 자본의 구조와 맞닥뜨린 경험이 반성을 압도하는 순간이다. "도처에 흔들리는 일상들/등급 매기지 않기로 했다"라는 구절은 자본과 노동을 분할하고, 신념과 일탈을 등급 매기면서 자신을 점검하기 이전에, 모든 것을 삼키는 자본과 그것으로 구축된 현실 속에 놓인 자신을 더 명확히 이해해야 한다는 진술로 읽힌다. 이번 시집 『나는 아무것도 안하고 있다고 한다』는 '반성을 그만둔' 이후, 등급 매길 수 없는 현실을 더 절실하게 겪어낸 날들의 기록이다.

2

　때가 어느 땐데 아직도 자본과 노동이냐고 심드렁한 사람이 있을지도 모른다. 그러나 그 말은 반은 맞고 반은 틀린다. 오늘의 자본과 노동이 지난날의 자본과 노동이 아닌 것은 맞지만, 자본과 노동이 여전히 우리의 삶을 지배하고 있는 것도 맞는다. 자본은 너무 화려하게 전면적이어서 오히려 보이지 않고, 노동은 바닥으로 버려져 그림자가 되었다.

　　구로공단역을 구로디지털단지역으로 바꾸더니
　　가리봉역을 가산디지털단지역으로 바꿨다
　　구로, 공단, 가리봉 이 거리에
　　이십여년 내 삶의 흔적이 지워졌다
　　성장통이 담긴 내 청춘의 시들이
　　정처가 없어 헤맨다

　　(⋯)

　　상상력이 위험에 빠졌다
　　외로울 사이 없이 그리움이 털리고
　　노동은 있으나 노동자가 노동자라 불리지 못하는
　　　　　　　　　　　　　　　　　　—「탈 탈」 부분

구로공단역을 구로디지털단지역으로 바꾸고, 가리봉역을 가산디지털단지역으로 바꾸는 것은 단지 공단을 첨단산업의 이미지로 포장하는 것이 아니다. 구로공단과 가리봉동을 스쳐갔던 수많은 사람들, 그들의 삶을 지탱해온 노동과 힘겹게 지켜온 가난한 삶의 현장을 누추하고 왜소한 것으로 치부하거나 포장해야 할 것으로 숨겨버린다는 것이 더 문제다. '디지털단지'라는 첨단산업의 이미지를 입었다 하더라도 뒷골목 노동은 사라지지 않고, 조선족과 이주민 노동자들은 여전히 여기서 쪽방살이와 저임금과 노동 학대에 시달리면서 살아간다. 노동하는 자들이 노동의 주인이 되지 못할 뿐 아니라 끊임없이 모욕당하고 멸시당하면서 삶의 권리와 자격을 박탈당하는데도 빌딩과 멀쩡한 건물과 쇼핑몰을 연결하는 지상의 '디지털단지'는 노동하는 인간들을 자꾸만 지하로 밀어넣는다. 이곳에서는 비록 위선이나마 '자본가와 노동자'를, '비정규직 부당해고'나 '성매매'의 현실을 논하는 언어가 허용되지 않는다. "상상력이 위험에 빠"지는 것은 노동으로 목숨을 유지하는 삶의 모든 실체가 디지털이라는 허상 속으로 사라져버리기 때문이다. '디지털단지'를 살아왔고 살아가는 인간들의 추억과 그리움과 외로움이 부끄럽고 남루해서 개조되거나 포장되어야 할 치부처럼 여겨지는 것, 그들의 노동을 수식하는 언어는 '디지털'이거나 '첨단'이거나 '산업'

이어야 할 것만 같은 곳에서 시인은 거꾸로 더 누추하고 더 절박하고 더 공포스러운 노동의 이미지를 상상한다. 현실을 대체하고 포장하는 언어의 위력을 거스르면서, 배제되고 은폐되는 삶을 구체적으로 그려내야 하는 시인의 상상력은 그러므로 위험하다. 삶을 말하는 자리에 계속 죽음이 겹쳐지는 것은 실제로 그들의 삶이 죽음처럼 절박하기 때문이기도 하지만, 견고하고 매끈한 자본의 얼굴 위에 사라지고 죽어가는 것들을 새겨넣는 일이 그만큼 중요하기 때문이기도 하다.

> 종일 배달하고
> 늦은 밤 내 관(棺)으로 돌아와
> 뚜껑을 덮는다
>
> 지독하게 살았으나
> 지독하게 죽어가겠구나
>
> —「고시원, 아름다운 날들」 전문

짧은 시를 읽으면서 "지독하게 살았으나/지독하게 죽어가겠구나"라는 구절을 오래 생각했다. 고립되고 폐쇄된 고시원의 좁은 방을 '관'으로 비유한 것은 이해하기 쉽지만 "지독하게 살았으나/지독하게 죽어가겠구나"라고 말하는 어법을 얼른 이해할 수 없어 연결어미 '-으나'에 대해 오래 생각할 수밖에 없었다. 역접이거나 반전이어야 할 앞뒤 구절의 대응이 어째서 "지독하게"의 반복과 연쇄로 이어지는 것일까. '살았으나 죽어가겠구나'라는 말이 편안하고 자연스러운 문법으로 이어지지 않는다. 살아 있음의 반전이 삶 속에서 찾아지지 않아서 오직 죽음만이 삶의 상태를 바꾸어놓을 가능성이 되는 지독함에 대한 이야기라고 이해해야 할까. 그렇다면 이런 식의 연쇄를 이해하기 위해서는 시인이 보는 현재의 삶이 어떤 것인지 좀더 꼼꼼히 생각해볼 수밖에 없다. '가리봉'이 '가산디지털단지'로 바뀌고 포장되는 세태 정도로 이 지독한 연쇄가 만들어졌다고 생각하기 어렵기 때문이다. '가리봉'의 추억과 그리움과 역사가 '가산디지털단지'의 포장 안으로 사라지고, 노동의 존엄이 훼손되어가는 현실을 지적하는 것에 머물지 않고, 시인은 현재의 노동이 처한 절박하고 분열적인 현실을 더욱 날카롭고 집요하게 읽는다.

　일자리를 빼앗긴 사람들이 "목숨 끊"(「공포 영화」)고, "언제 떨어질지 모르는 망루"(「지금, 여기」)에 서서, "다치거나 죽어도 산재보험은 꿈도 못 꾸"는데 "종일 홀로 떠 있는 건설현장 크레인"(「세상 밖으로 우수수」)으로 매일 출근하는 삶. "살면서 나를 죽이고" "나를 외면하면서 죽이고 있"(「나는 밥에서 벗어나지 못했다」)는 삶. 그리하여 "내가 살고 있는 지금, 여기는 어디쯤인지"(「세상 밖으로 우수수」) 알 수가 없다. 노동의 이름을 지우고 생존의 조건들만 더 절박하게 우리를 옥죄는 세상에서 이웃을 잃고 자존을 잃고 오로지 살기 위해 하루하루를 사는 것은 차라리 공포이다. 가난과 불안과 공포는 결코 따로 오지 않으며, 무엇이 무엇의 원인이거나 결과도 아니다. 하루하루 살아내는 것이 목표이고 유일한 희망인 곳에서 주체도 존엄도 연대도 꿈꿀 수 없는 자들이 맞닥뜨릴 수밖에 없는 고립의 공포와 도태의 불안. "네 손을 잡아도 불안하고 내 손을 잡지 않은 너도 불안하여"(「잠 못 드는 밤」) "생존과 죽음의 경계"(「지금, 여기」)에서 사람답게 살 수 있는 꿈이란 요원하다. "통증이 마비되어가는 사이 욕망은 견고해져서" "생식기도 심장도 사라진 자본형 인간으로 진화 중"(「잠 못 드는 밤」)인 삶을 확인하는 시인의 언어도 두려움과 불안에 가득 차 있다. 그러므로 우리에게 남겨진 자유는 "오롯하게 내 죽음을 누리는 것"(「저항의 방식」)밖에 없을지도 모른다는 생각이 "지독하게 살았으나/지독하게 죽어가겠구나"라는 좀처럼 자연스럽지 않은 문장을 완성시킨다.

3

우리가 살고 있는 현실이 생각보다 훨씬 더 척박하고 잔인하다는 것을 이미 알고 있다고 가끔 잘난 척하지만 사실 우리는 잘 모른다. 에스컬레이터를 타고 지상으로 올라오면 펼쳐지는 멀쩡한 도시의 나날들을 살면서 우리는 자유와 정의와 인권을 향해 나아가고 있다고 안도하지만, 사실 그 멀쩡한 지상의 얼굴 아래에 가난과 불안과 공포에 시달리는 '아무것도 아닌 삶'이 숱하게 파묻혀 있다는 것을 아주 가끔씩 눈치채고는 짐짓 놀란다. 구로공단과 가리봉동의 노동과 일상의 폭력을 낱낱이 들춰내는 김사이의 시를 읽으며 이러한 우리의 위선과 마비된 감각을 돌아보게 된다. 보이지 않는다고 사라진 것은 아니며, 모른 척한다고 없는 것도 아니다. 어쩌면 오래 있어왔고 여전히 있는 가난과 폭력과 모멸의 슬픔을 가리고 없애고 포장하는 일에 우리의 무감각은 일조해왔는지도 모른다. '아무 존재' '없는 존재'들의 들리지 않는 항의를 듣는다.

밥을 하고 청소를 하고
아이를 낳고 젖을 주고 흙을 다지는데
나는 아무것도 안하고 있다

따닥따닥 붙은 콜센터에서 상냥하게 친절하게
보이지 않아도 웃고 보이지 않아도 참아서
나는 아무것도 안하고 있다

(…)

아이 손을 잡고 광장에 나가지 못한다
네가 죽어도 일을 해야 해서
누가 죽어도 나는 살아야 해서
기약 없는 먼 훗날을 끌어당겨서라도
지금 살아야 해서 촛불을 들 수 없는
나는 아무것도 안하고 있다

　　　　　　　—「내 죄는 무엇일까」 부분

　가난에도 계급이 있고, 노동에도 계급이 있다. "부자들
이 가난뱅이들을 짓밟는다/가난뱅이들이 여자씨를 툭 때
린다/부자와 가난뱅이가 여자씨를 한번 더 팬다"(「교양의
나라」). 자본가와 노동자의 대립으로 자본주의가 구성되어
있고, 그들의 투쟁으로 인간의 역사가 진보해왔다고 믿었
지만 사실 그 대립과 투쟁은 남성 자본가와 남성 노동자의
대립과 투쟁이 아니었을까. 여성은 오랫동안 그 대립과 투
쟁의 부속물이거나 전리품이었고, 아니면 성가신 배경이
었을 뿐이다. 자본의 탐욕과 소비의 욕망이 비인간화를 부
추겼다고 오랫동안 성토했지만, 그래도 물건을 팔아 이윤
을 남기면서 남성들은 자본주의의 바퀴를 굴려왔고, 그 탐
욕과 욕망의 배설물을 감당한 것은 대체로 여성들이 아니
었을까. 콜센터에서 욕설과 항의에 시달리며 고객의 욕망
을 충족시켜주는 노동은 이윤을 남기는 것이 아니라 이윤
의 뒤처리이며, 그래서 그들은 자본과 이윤의 배설물을 집

어삼키고 있는데도 "아무것도 안하고 있다"고 한다. 사람이 사람을 이렇게 대해서는 안되는 것인데, 심지어 이런 취급을 당하는 사람들을 향해 "아무것도 안하고 있다"고 말하는 세상은 얼마나 잔인한가.

부정한 권력을 끌어내리고, 평범한 인간의 위대한 정의를 실현시켰다는 자랑스러움에 모두가 들떠 있을 때조차도 거기에 참여할 수 없어 시민이 되지 못한 사람들이 있다. 자랑스러운 광장에 나설 수가 없어서, 내일의 희망보다 오늘의 생존이 더 급해서, 함께 누리는 인간다움의 감격 앞에서 어리둥절한 궁색한 가난이 있다. 그래서 "가난은 민주주의의 발바닥"(「밥」)이다. 우리가 획득한 최소한의 정의와 민주주의에 대해서 아직은 함부로 말할 수 없다. 거기에도 소외될 수밖에 없는 존재들이 있는 한, 우리는 여전히 인색하고 위험한 이 세계의 균열과 모순 앞에 더 착잡해질 수밖에 없다. 그래서 김사이의 시는 도저한 죽음과 절망에 대해서뿐만 아니라 폭발하는 환희와 공통의 희망 앞에서도 머뭇머뭇 생각이 많다. 광장을 꽉 채운 저 촛불조차도 혹시 "정떨어지면 끝나는 사랑의 속성"(「빛의 그늘 속에서」)을 닮아 있지 않은가.

소소한 바람은 무심하게 흘러가다
바람에 따라 폭풍으로 몰아치기도 하는데

가리봉동에서 여자씨의 죽음은
술자리에서 벌어지는 주먹다짐처럼 스쳐가고
원곡동에서 여자씨의 죽음은
이주민끼리의 치정이나 원한쯤으로 치부되고

텔레비전으로 인터넷으로 본다
음악을 들으며 밥을 먹으며 술을 마시며 본다
오늘의 날씨처럼 일상적인 바람이 분다

수백 수천의 월세를 내면서도 가지고 싶은
그 이름의 욕망
강남에서 바람이 불었다
강남 한복판에서 바람에 불이 붙었다

스쳐가고 치부되던 여자씨들
강남에서 활활 타올라
조울증 걸린 세상으로 목소리를 낸다

유색과 백색의 거리이기도 하고
히잡 쓴 여자와 미니스커트 입은 여자의 거리이기도 한
가리봉동과 강남의 거리는
내 밖과 내 안의 거다

—「균열」전문

대체로 1부에 수록된 시들은 일상적으로 가해지는 여성에 대한 폭력과, 여성의 노동에 새겨진 폄하와 차별을 읽어낸다. "여자의 시간은 어디쯤에 머물러 있"(「내 죄는 무엇일까」)는지 묻고, "여자의 노동은 속절없이 떠도는 뜬구름 같은 사랑"(「성실한 앨리스」)이라는 점을 예리하게 짚어내는 이 시편들은 그래서 여성 현실에 대한 시인의 예각화된 시선을 잘 보여준다. 그러나 김사이의 시는 여성에 대한 오래된 폄하와 혐오에 대한 최근의 문제의식에 동참하면서도 그 내부에서 분열되고 있는 차별과 차이를 놓치지 않는다. 똑같이 사회적 폭력에 희생된 여성의 죽음이라 할지라도 '가리봉동'과 '원곡동'의 죽음은 스쳐가고 치부되지만 '강남'에서는 불타오른다. 우리가 가리봉동과 원곡동의 죽음은 그저 "일상적인 바람"처럼 관망하고 스쳐지나간 반면 강남역의 죽음에 대해서는 일제히 분노했던 것은 그저 우연한 폭풍이었을 따름일까. 혹시 우리는 가리봉동의 여성 노동자나 원곡동 이주민 여성의 죽음과 강남역의 죽음을 차별하고 있었던 것은 아닐까. 아니면 가리봉동과 원곡동의 죽음이 쌓이고 쌓여 강남역에서 폭발한 것이었을까. 어떤 죽음이 어떤 죽음보다 더 억울하거나 값있는 죽음일 리 없으므로, 우리는 죽음에 대한 감각에서도 정치적으로 더 단련되어야 할지도 모른다. 가리봉동과 원곡동, 그리고 강남역 사이에 장소의 정치학이 개입되어 있다면 우리의 분노는 더 침착하게 분석되어야 한다.

그렇다고 해서 가리봉동의 죽음과 강남역의 죽음을 비교하면서, 가리봉동이 아니라 강남역에서 불타오른 분노의 의미를 낮출 수는 없다. 여성에 대한 차별과 혐오의 현실은 일상적으로 있어왔으므로, 그러한 차별과 혐오에 희생된 죽음을 다른 죽음과 비교하면서 비난하거나 격하하는 것은 여성의 죽음을 한번 더 '아무것도 아닌 것'으로 만들기 때문이다. 다만 이 사회적 분노와 새로운 현실의 폭풍 앞에서도 소외된 삶과 죽음이 있다는 것을 기억하는 것이 중요하다. 이것을 시인은 '거리'라는 말로 표현한다. "유색과 백색의 거리" "히잡 쓴 여자와 미니스커트 입은 여자의 거리"가 또다른 차별과 소외를 만들어서는 안된다. 강남역이 가리봉동을 대표할 수도 대신할 수도 없으나, 강남역에서도 가리봉동에서도 일어나는 사회적 살해의 공통성을 일부러 외면해서도 안 된다는, 균열과 연대의 동시성에 대한 감각이 소중하다. 이러한 감각을 시인은 '안'과 '밖'을 바꾸는 방식으로 표출한다. "가리봉동과 강남의 거리"를 "내 밖과 내 안의 거리"에 대응시키는 어법은 가리봉동에 자신을 동일시하면서 강남을 배타적으로 밀어내지도 않고, 강남에 동참하면서 가리봉동을 잊지도 않는, 어쩌면 그 사이 어디쯤에서 여전히 여성 현실을 고민하고 있을 시인의 자리에서 나왔을지도 모르겠다.

4

  자본에 휘청거리는 삶의 빈곤함을 말하고, 그럼에도 우리를 빨아들이는 자본의 위력을 말하기는 쉽다. 그러나 그 빈곤하고 척박한 삶의 세부, 그리하여 가난을 넘어서는 공포와 불안을 구체적으로 그려내는 일은 어렵다. 김사이의 시는 '가산디지털단지'가 아니라 '가리봉동'의 삶을 기반으로 '디지털'의 첨단으로 포장된 현실의 매끈한 표면을 뒤집어놓는다. 도처에 죽음이고 차별이고 혐오인, "사람이 사람에게 위험"(『생각도 습관이 된다』)한 세계를 들여다보는 일은 결코 유쾌하지 않다 그러나 절망과 공포뿐인 세상이라 할지라도, 아무것도 아닌 존재로 사라지거나 없어지지 않고 버텨내는 힘은 우리의 안과 밖을, 나도 몰랐던 위선과 무감각을, 그래서 망각이나 외면으로 곧잘 스스로를 위로해왔던 습관을 반성하는 데에서 나온다. 그러고 보면 반성과 비판과 연대는 그리 멀지 않은 곳에서 함께 자라며 서로를 북돋운다. 김사이의 시는 그리 멀지 않은 그 거리에 대해 오래 말하고 생각하면서 반성과 비판과 연대의 공통적 행로를 모색하게 한다.

  오종종한 마을이 내려다보이는 정자에 올랐다
  심심찮게 놀았을 막힘없이 트인 터

쭉 훑어보며 눈길이 머무는 곳
세상의 검고 굽은 나무들만 모아놓은 숲
씨앗 자체가 불완전한 듯 뒤틀린 나무들
근처 스치기도 겁나는 늪
간밤에 내린 눈이 고스란히 쌓여 있는
뒷골목 패거리들이 싸움이라도 했는지
시간에 관계없이 사방팔방으로
머리카락이든 소매 끝자락이든 움켜쥐고 있다
서로 질기게 얽혀 있다
내 바닥 은밀한 곳 독소들이 무리 지어
언제라도 나를 뚫고 나올 것 같은
언제라도 들여다보고 싶지 않은 응달진 바닥
제대로 선 나무가 없다
제 생긴 대로 제 색깔대로 제 눈높이로
아랑곳없이 사는 고독한 우주들
가는 방향을 틀어도
몸이 앞서 끌고 간다

—「편향」전문

"응달진 바닥", 불완전한 씨앗에서 싹터 뒤틀리고 엉킨
"검고 굽은 나무들"이 무섭다. "은밀한 곳 독소들"이 언제
라도 뚫고 나올 것 같은, "스치기도 겁나는" 곳에 있는 그
나무들. "제대로 선 나무" 하나 없어도 뒤틀리고 엉켜 꼬

인 모습 그대로 각각 "고독한 우주"일 테니, 편향을 두려워 말고 몸을 믿고 방향을 가늠해도 좋을 것이다. 천천히 말하고 오래 생각하는 시인의 말이 마침내 따뜻하고 근사하다.

徐榮裀 | 문학평론가

시가 여전히 길다
덜 성숙하니
일상에서 내 말보다 시가 더 길다

아직 할 말이 많은가보다
아직 반성할 기회가 있는 것이겠다
아직 길은 있는 것이다

그 믿음으로 아직 산다
여전히 나는 네가 좋다
음정 박자 어설픈 내 옆에 있어서

2018년 12월
김사이

창비시선 427

나는 아무것도 안하고 있고 있다고 한다

초판 1쇄 발행 / 2018년 12월 7일

지은이 / 김사이
펴낸이 / 강일우
책임편집 / 박지영
조판 / 박아경
펴낸곳 / (주)창비
등록 / 1986년 8월 5일 제85호
주소 / 10881 경기도 파주시 회동길 184
전화 / 031-955-3333
팩시밀리 / 영업 031-955-3399 편집 031-955-3400
홈페이지 / www.changbi.com
전자우편 / lit@changbi.com

ⓒ 김사이 2018
ISBN 978-89-364-2427-5 03810